푸른사상
동시선

20

병원에 온 비둘기

한상순 동시집

푸른사상
PRUNSASANG

푸른사상 동시선 20

병원에 온 비둘기

인쇄 · 2014년 11월 10일 | 발행 · 2014년 11월 15일

지은이 · 한상순
펴낸이 · 한봉숙
펴낸곳 · 푸른사상
주간 · 맹문재 | 편집 · 지순이 | 교정 · 김수란

등록 · 1999년 7월 8일 제2−2876호
주소 · 서울시 중구 충무로 29(초동) 아시아미디어타워 502호
대표전화 · 02) 2268−8706(7) | 팩시밀리 · 02) 2268−8708
이메일 · prun21c@hanmail.net / prunsasang@naver.com
홈페이지 · http://www.prun21c.com

ISBN 979−11−308−0300−5   04810
ISBN 978−89−5640−859−0   04810 (세트)

값 10,000원

네 번째 동시 밭을 가꾸며

5년 만에 네 번째 동시집을 낸다.

이번 동시 밭에도 여전히 단골 친구들이 놀러왔다.

개미, 매미, 달팽이, 고양이, 비둘기, 강아지풀, 눈사람……

내 단골 친구들은 동시 밭 여기저기를 다니면서 신나게 뛰어놀 터이다.

언제나 그러했듯 내 동시 밭에는 재미난 것들이 많다.

고양이가 전봇대를 타고 올라가는 나팔꽃에게 말을 걸고, 발가벗은 눈사람을 세워놓기도 하고, 마당에 널려진 햇살을 그대로 펼쳐 두고 여우비를 뿌리기도 한다.

포장마차 옆 은행나무에 묶어둔 자전거를 바람이 지나면서 페달을 돌리고, 은행나무 엄마의 열매 사랑을 듬뿍 느끼게도 해준다.

또 심심하면 해님과 마주보고 눈싸움을 걸기도 하고, 대학교에 다니는 안내견 보람이도 놀러오는 동시 밭!

나는 이야기가 꼬리를 물고 날마다 한 뼘씩 넓어지는 동시 밭에 우리 어린이 친구들을 불러낸다.

불려온 친구들아, 이제 맘껏 뛰어놀아도 된다.

그 누구도 '숙제했니? 공부 안 하니? 게임 그만 해라' 안 할 거다.

(내가 우리 어린이 친구들에게만 살짝 일러주는데 엄마 잔소리도 이 동시 밭에 들어와선 기를 못 편단다.)

그냥 소풍날처럼 신나게 더욱 더 신나게 뛰어놀면 되지.

어른들도 동시 밭에 놀러와서는 아이가 되고 만단다.

동시 밭에 들어오면 어른 속에 숨어 있던 아이가 꼭 걸어 나오거든!

그러니 어른들도 아이들처럼 뛰어놀 수밖에…….

때론 어른들이 아이들보다 더 아이스러울 때가 있지.

아이가 어른보다 더 어른스러운 때가 있는 것처럼 말이지.

끝으로 이렇게 네 번째 동시 밭을 가꿀 수 있도록 터를 내준 〈푸른 사상〉 출판사와 동시 밭에 뒹구는 단골 친구들, 또 이 친구들과 어울려 그림도 그려가며 놀아준 어린이 친구들, 그리고 동시 밭을 너무 좋아하는 어린른이(어린이와 어른) 모두에게 감사의 마음을 드린다.

2014년 9월
귀뚜라미가 우리 집에 온 날
한상순

4

제1부 너 참, 겁도 없다

홍수정(서울 미래초 2학년)

제2부 거꾸로 동생

제3부 엄마의 사랑법

강예선(서울 미래초 2학년)

| 차례 |

제4부 병원에 온 비둘기

진유리(서울 신도림초 5학년)

제5부 해님의 여름방학

방현서(서울 미래초 2학년)

발가벗었어도 부끄럽지 않지

제1부

너 참, 겁도 없다

너 참, 겁도 없다

우리 집 골목
전봇대 밑

깨진 함지박에 뿌리 내린
나팔꽃

초록 손
불쑥 내밀어

전봇대 허릴 잡고
기어오른다

야, 드디어
꼭대기다

골목을 지나던 고양이
나팔꽃 쳐다보며 한마디

이제 어쩔래'?
어떻게 내려올래?

너 참, 겁도 없다!

임지민(서울사대부속초 3학년)

누구게?

두 다리가 없어도
반듯 서 있지
우리 집 복실이보다
하얀 겨울을 좋아하지
아무리 추워도
방안으로 안 들어가지
말은 안 해도
아이들 마음 더 잘 알아주지
해님이 날개 펼쳐
포옥 안아주면
엉엉 울어버리지
발가벗었어도
부끄럽지 않지

ㄴㅜㄴㅅㅏㄹㅏㅁ

정수안(서울 공연초 3학년)

감자

넌
눈이 몇 개니?

온몸 여기저기
눈을 달고 있구나?

눈마다
아기 씨 들어 있구나?

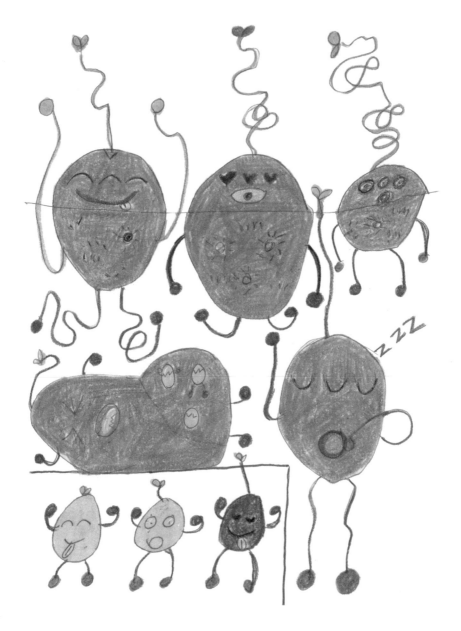

김동완(서울 성신초 3학년)

엄마 없는 날

엄마 뒤를
졸졸졸
따라다니는 병아리에게
돌멩이도 던졌는데

어미젖을
쪽쪽쪽
빨고 있는 강아지에게
발길질도 했었는데

오늘,
어미닭이
날 쪼아대면 어떡해

어미 개가
으르렁 하고 달려들면 어떡해

큰일났다!
엄마, 언제 오시나?

개미들

세상에!
마른 오징어 몸통에서 빠져나온
대나무 꼬치에 오글오글

냄새만 남아 있는 꼬치에
다닥다닥

어디서 소문 듣고 왔는지
귀도 밝다
어떻게 냄새 맡고 왔는지
코도 밝다

나보다 더
오징어를 좋아하는
개미들

아기 거미 집

풀잎에서 풀잎으로 줄을 이어
동글동글 집을 지었어요

튼튼탄탄 지어졌나
바람이 출렁 흔들어 보고

이방 저방 길은 잘 냈나
햇살이 반짝 비춰 보고

나랑 친구하자
이슬방울 이른 아침에 찾아오고

이시진(서울 우이초 5학년)

땃쥐네 이사

땃쥐 엄마 앞장서고

엄마 꼬리에 꼬리를 물고

꼬불꼬불 길을 따라

이사를 간다

꼬리에 꼬리를 물고

꼬불꼬불꼬불꼬불 산길 넘어

장난감 기차 같은

땃쥐네

꼬불꼬불 이사를 간다

겨우살이

자작나무
힘찬 기운 먹고 사는
새 둥지 같은
겨우살이

부리도 없는데
잘도 지었네

높이높이 가지끝에
잘도 지었네

바람 쌩쌩 불어와도
끄떡없겠네

길 잃은 철새가
둥지로 삼겠네

해님 물고기

맑고
바람이 조금 있는 날
강가에 가면

큰 물고기 한 마리
볼 수 있지

수천 수만 비늘을 달고
반짝, 반짝이는 해님
골골 물결 이랑을 타고
너울, 너울거리는 해님

그물을 치면
요리조리 잘도 빠져나가는
해님 물고기

이겼다, 귀뚜라미

미루나무에 앉아 말매미가 차르르 차르르르~

벚나무에 앉아 기름매미가 지글지글 지그르르~

배나무에 앉아 털매미가 씨이씨이 씨이이잉~

은행나무에 앉아 참매미가 매앰매앰매앰 맴~

일제히
뚝!

뚜르르 뚜르르 뚜르르

수염 긴 귀뚜리
우리 집에 온 날

한여울(서울 길원초 3학년)

세상에서 제일 작은 샘

제2부

거꾸로 동생

거꾸로 동생

네살배기
내 동생

왼발에
오른쪽 신발
오른 발에
왼쪽 신발

꼭, 그런다

떼쓰며 혼자 입은
바지도 거꾸로다
떼쓰며 혼자 낀
벙어리장갑도 거꾸로다

새로 바른

거실 벽지에도

삐뚤빼뚤 거꾸로 쓴

김도운(서울 창문여고 3학년)

민달팽이

민달팽아
민달팽아
네 성은 민 씨니?
민 씨 말고
다른 성은 없니?
그럼 니네는
모두 다 친척이니?

여우비

가끔은 해님도
비에 젖고 싶을 때가
있어서겠지

마당에
좌악 펼쳐놓은 햇살
다 거두지 않고

그대로 후두둑
비 맞는 거 보면

차혜림(서울 선곡초 3학년)

4번 타자

할머니 손전화 단축번호는
아빠 1
엄마 2
언니 3
나 4

아빠 손전화엔
엄마 1
할머니 2
언니 3
나 4

엄마 손전화엔
아빠 1
언니 2
할머니 3
나 4

언니 손전화엔

할머니 1
엄마 2
아빠 3
나 4

난 언제나
변치 않는 4번 타자

나도 콩이야

완두콩아
대추콩아
나도
콩이야

강낭콩아
쥐눈이콩아
나도
콩이야

꽃은 보았는데
꼬투린 못 보았다구?

새들이 쪼아 먹을까봐
땅속에서 자랐어

내 이름은
땅콩

나도
콩이야

35

엄마 이름

엄마랑
사십 년을 살아온 이름,
배신자

엄마가 학교 다닐 때
배신자, 배신자
친구들이 놀려도
기죽지 않던 이름이었다는데

내가 학교에 입학하자
엄마는
더 이상 못 참고
법원에 갔다

엄마는
배신자 대신
'배다희'란 예쁜 이름
새로 얻었다

단지

이렇게 큰
단지를 보셨나요?

고추장 단지
된장 단지 말고

걸어서 걸어서 한참
자전거를 타고도 한참
인라인스케이트로
돌아도 한참

이렇게 큰
단지

아파트 단지

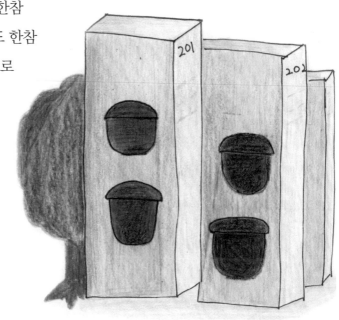

한상인(서울 길음초 6학년)

두부장수 아저씨

오후 다섯 시만 되면
나무상자에
모락모락 김이 나는
두부 한 판

자전거에 싣고
쩔렁쩔렁
골목을 돌던
두부장수 아저씨

발길 끊긴 지
일주일

언젠가 두부 사러 갔을 때
"나도 너만한 아들이 하나 있는데
많이 아프단다"
그랬었는데……

그 아이에게
무슨 일이 있는 걸까?

내 귀가
자꾸 골목길로 나간다

뭐가 진짜?

시골에서 올라오신
할머니

주방 벽에 새로 걸린
과일 그림을 보고

"워메,
 진짜, 사과랑 똑겉네이!"

단풍이 예쁜
남산 나들이 가서는

"워메워메!
 진짜, 그림이 따로 읎네!"

눈물샘

세상에서 제일
작은 샘

작지만
기쁠 때나
슬플 때

퐁퐁
물 솟는 샘

퍼내도 퍼내도
마르지 않는
맑은 샘

한가람(서울 길원초 3학년)

자전거 타는 은행나무

아빠가 일하시는
포장마차 옆
은행나무에 묶어놓은
아빠 자전거

아빠는 밤새
포장마차에서 가락국수를 삶고
은행나무는 밤새
자전거 페달을 밟습니다

바람이 한 번씩
휘익~
등을 밀어줄 때마다
은행나무는
씽씽
자전거 페달을 돌립니다

이정우(서울 을지초 4학년)

언젠가 꼭 한 번 만날 것 같아

제3부

엄마의 사랑법

엄마의 사랑법

은행나무는
열매를 자랑하지 않는다

잎이 저리 초록인 것도
올망올망 커가는 은행 알 감추려는 것이고
잎이 저리 노랑으로 물드는 것도
다 큰 은행 알 표나지 않게 하려는 것이다

가을이면 먼저 열매를 떨궈내고
그제야
노란 단풍 수북이 털어내는
은행나무

엄마의
사랑법이다

임성채(서울 청량초 4학년)

내 손거울

- 거울아 거울아
  세상에서 젤 예쁜이가 누구게?

- 너

- 그 다음은?

- 또 너

- 그럼 그 다음은?

- 역시 너

- 그 그 다음은?

- 그래도 너

- 그 그 그 다음은?

- 다시 봐도 너

몇 번을 물어도

내 손거울,
나만 예쁘다 한다

이은지(서울 용두초 1학년)

대박나세요

대문 옆 대추나무
오늘
꽃 잔치 벌렸다

〈공짜로 꽃가루 받아가세요〉
전단지 뿌린 것처럼
와아!
윗동네 아랫동네 벌들
다 몰려왔다

벌들은
작은 꽃방 하나하나 둘러보며
붕붕 꽃가루를 받았다

대추나무에게 붕붕
덕담도 한마디씩!

– 올 가을에 대박나세요

대왕님 오시다

북악산 아래
광화문에
세종대왕 오셨다
말안장에 앉은 듯
자동차 타고 오셨다

그 옛날 광화문을 만들며
짐작이나 하셨을까?

훈민정음 펴 들고
이렇게
후손들 앞에 오실 줄을?

대왕은
앞에 서 있는 이순신 장군에게
장하다는 눈빛 보내시고
우리에게도
그 눈빛 건네신다

캄보디아 어느 소녀의 일기

오늘 학교에서 옷을 나눠줬다
코리아에서 왔다고 했다
언니들이 입었던 교복이랬다
모두 이름표를 떼고 왔지만
내가 받은 옷엔 그대로다

나는 이름표를 떼지 않고 두었다
그냥 달고 다닐거다
선생님은 그 이름을 고아라라 했다
나는 몇 번이나 땅바닥에 써 보았다

고 아 라

얼굴도 모르는 언니지만
참 예쁠 것 같다
언젠가 꼭 한번 만날 것 같다

한세령(서울 길음초 5학년)

싹 난 마늘

마늘 접에 엮인 채
싹 난 마늘은

껍질 벗고
절구통에 들어가
콩콩
깨어져도

새싹은
파릇파릇

찌어져
양념통에 들어가서도

'나는 새싹이었다'고
푸릇푸릇

전지연(남양주시 구룡초 2학년)

입춘

오늘
땅속 뿌리 동네는
참 바쁘겠다

뿌리는 발끝마다
발전기를 달고
통통통통
물길 끌어 오느라
애쓰겠다

뿌리는 발가락 사이에
꼬마전구를 켜고
반짝반짝
물길 밝히느라
수고하겠다

입이 없어도

나무는
나무는
입이 없어도
말을 하지

눈으로
눈으로
말을 하지

살풋 잎눈 뜨고
방싯 꽃눈 뜨고

"이제 봄이야,
봄"

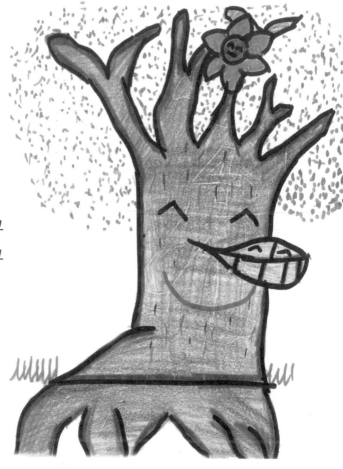

이나은(서울 늘푸른초 5학년)

컴퓨터, 너!

애!
나랑 삼십 분만 놀자더니
뭐야!
벌써 세 시간째
내 손 붙들고 놓아주질 않으니!

너처럼
약속 안 지키는 친구는
처음이야

너, 울 엄마
화난 얼굴
그저께도 봤지?

너, 이제
땡이다!

'개굴'! 한 번 해봐

날도래 먹고
갈대밭에 숨어 숨어
개개개개

바람 물고
이삭 끝에 앉아서도
개개개개

가만히 듣고 있던
개구리

─개개비야,
 개개거리지만 말고
 '굴' 해봐
 '개굴'!

이예나(남양주시 구룡초 1학년)

느리게 가면서 가고 싶은 데 다 가려는 거지

제4부

병원에 온 비둘기

지렁이

나는 다리가 없단다
그래서
아무리 걸어도 다리가 안 아프지

나는 발도 없단다
그래서
발가락 꼬랑내도 안 나지

나는 눈도 없단다
그래도
땅속 캄캄한 길
잘 다니지

비 오는 날엔
땅 위 세상 구경도 나가지

와,
세상 참 넓더라!

한용희(남양주시 구룡초 1학년)

우는 게 아니야

사람들은 몰라

내일 앞산으로 소풍 간다고
개골개골개골개골
신나게 노래하는데

－ 큰 물 지려나?
  웬 개구리가 저리 극성맞게 우노

사람들은 정말 몰라

오늘 운동회 날
청군 이겨라 백군 이겨라
개굴개굴개굴개굴
목이 터져라 응원하는데

－ 저 놈의 개구리 떼
  와 이리 울어쌓노
  논배미 다 무너지겠다!

권아영(서울 개운초 6학년)

병원에 온 비둘기

엄마 비둘기가
아기 비둘기 데리고
진료실 창가에 앉았습니다

- 엄마, 의사 선생님
　지금 뭐 하는 거야?

- 쉿! 진찰 중이잖아

- 저 형아 어디 아픈데?

- 기침하는 걸 보니 감긴가봐

- 엄마, 나도 감기 걸렸잖아

- 조금만 기다려
　엄마가 배워 낫게 해줄게

임지민(서울사대부속초 3학년)

눈싸움 대장

해님은
분명
왕눈일거야

우리 반
눈싸움 대장인
나도

해님이랑
눈싸움에선
늘
지고 만단다

해님이 먼저
눈 깜박이는 걸
본 적 없단다

아이,
눈부셔!

정수안(서울 공연초 3학년)

느린 이유

달팽이가
무거운 집 한 채
등에 지고 가는 건
느리게 가기 위해서지

느리게 가면서
이슬방울 동네에도 들르고

느리게 느리게 가면서
장다리꽃밭에도 들르고

느리게 느리게
더 느리게 가면서
조팝나무 가지에도 오르려는 거지

달팽이가
무거운 집 등에 진 건
느리게 가면서
가고 싶은 데 다 가려는 거지

김정현(서울 삼각산초 5학년)

숲 속 놀이터

천 년을 숲에 살다
바람 맞아 쓰러진
오대산 전나무

다른 나무 어깨에 기대지도 못하고
쿵! 하고 넘어져 길게 누웠네

누워 있어도 다람쥐에겐 쪼르르 쪼르르
재밌는 놀이터
산새들에겐 삐츄츄 삐쮸쮸
신나는 놀이터

길 가던 칡넝쿨이
발발발 타고 가고
길 가던 담쟁이
볼볼볼 타고 가는
즐거운 숲 속 놀이터

매미가 좋아하는 우리 집

이상하죠?

쓰름매미가
시원하게 에어컨 켠
민주네 집
거들떠도 안 봐요

오래된 선풍기가
더운 바람 일으키며
한여름 내 달달거리는
우리 집 거실
방충망에 붙어
어제도
오늘도

매암매암매암
쓰름쓰름쓰름

명태

생태 동태 황태 북어 코다리 노가리
백태 먹태 통태 짝태 깡태 무두태
춘태 오태 추태 꺽태 망태 조태 강태……

내 친구들이냐구?
아냐,
다 내 이름이야
사람들이 붙여준 이름.

이렇게 많은 이름 중에
그래도 난,
명태가 제일 좋아

동해바다 놀이터에서
엄마가 늘 불러주던 이름
명태

김은채(남양주시 구룡초 1학년)

나는 보람이

내 이름은 보람이
앞 못 보는 진이 누나
안내견이죠

진이 누나가 대학에 가자
나도 대학생이 되었어요

지하철을 타고
마을버스도 타고
룰루랄라 학교에 가죠

그때마다 사람들은
내가 기특하다고 칭찬해요

누나 옆에서
강의를 듣다 잠들어도
혼나지 않아요.

어쩌다 초롱초롱 눈을 뜨고 있으면
할아버지 교수님,
"졸지 마!
 이 보람이만도 못한 눔들!"
이렇게 야단을 쳐요

내가 대학에 온 지도
벌써 삼년!

칼로 물 베기

엄마 아빠
싸운 날

부부싸움은
칼로 물 베기라는데……

동생이랑 싸울 때
회초리 들고 야단치는 엄마……

엄마!
우리가 싸우는 것도
칼로 물베기라구요!

걱정

어떻게 걸어갔을까?
뒤뚱뒤뚱 걷는 모습에
킥킥, 웃음거린 되지 않았을까?
갸우뚱갸우뚱 걷다
꽈당, 넘어지진 않았을까?
내가 꼭 붙들고 있어야 했는데
마지막 남은 힘까지 다 내어
꼬옥 붙잡아야 했는데……

지하철 계단 귀퉁이에
떨어져 남아
이리저리 발길에 채이면서도
온통 주인아저씨 걱정뿐인
낡은 구두 뒷축
하나

서연우(서울 잠원초 5학년)

79

그대로다, 동동 동그란 눈

제5부

해님의 여름방학

해님의 여름방학

-올해는 북태평양 저기압 영향으로
작년보다 빨리 장마가 지겠습니다……

뉴스에서는 몇 주 전부터
해님의 방학 날을 알립니다

올 여름방학에 해님은
낮잠도 실컷 자고
신나게 놀 생각이었죠

하지만 방학 며칠 후부터 해님은
지구 학교가 궁금해 견딜 수가 없습니다

장마 동안에도 틈틈이
구름다리를 지나 학교에 옵니다

산비탈 사과밭에서 벌레도 쫓고
쓰러진 벼이삭
탈탈 털어 일으키려 해보고
단내가 잘 나는지

포도밭도 비잉 둘러봅니다

벌써 매미가 어떻게 알았는지
카랑카랑한 목소리로 반깁니다

김유은(서울 계남초 3학년)

부레옥잠

사람들이 흘려보낸
축산 폐수

사람들이 몰래 버린
공장 폐수

깨끗한 물로
다시 바꿔놓는

물속 나라
으뜸 청소부!

아기 감

감꽃
진 자리

꼭지 문
아기 감

쪽
쪽
쪽

달고나
달고나

볼이
통통

젖살 오르네

머구리 아저씨

동해 바다에 청동 투구를 쓴
머구리 아저씨

아저씨 앞에선
내 키만 한 대왕문어도
꼼짝 못해

아저씨 손에는
해삼 멍게
한 손 가득.

바닷속 날쌘돌이
머구리 아저씨

나뭇잎 손과 발

한여름
나뭇가지에 매달려

팔랑팔랑 손 흔들고
자갈자갈 박수치는
나뭇잎 손

늦가을
땅으로 훌쩍 뛰어내려

성큼성큼 걷기도 하고
이리저리 뛰어다니는
나뭇잎 발

여하진(서울 미래초 2학년)

구름 씨

뭉게구름에서 얻은
씨앗

새털구름에서 얻은
씨앗

소나기구름에서 얻은
씨앗

하늘 밭에
골고루 뿌렸다

땡볕 가뭄에
단비가 될
씨앗

강아지풀 가족

철길 옆에
오불오불 모여 있는
강아지풀

강아지 꼬리
꼭 닮은
복실복실 털복숭이
엄마 강아지풀

그 옆,
비잉 둘러 서서
엄마 따라
살랑살랑 꼬리치는
아기 강아지풀

이송인(서울 오정초 2학년)

혼자였던 할머니

노인정 다녀오는 할머니께
"할머니 지금 비 와요?"
"뭐라고?"
"지금 비 오냐구요?"
"뭐 먹는다고?"

가는귀먹은 할머니
그래서 혼자였던 할머니

"느그들 나한테 올 생각 말고 푹 쉬거래이"
그래서 일요일에도 혼자였던 할머니

오늘은 할머니가 일가친척
모두 불러 모았어요

이 세상에서 마지막 삼일을 보낼
장례식장

할머닌 여기서도
혼자시네요

벼 베는 날

"그동안
 꼬박 서 있느라 애썼다
 누워서 한 숨
 푹 자거래이"

벼 베던 아버지
허릴 펴며 한 말씀하신다

이내 황금빛 벌판이
드러눕는다

바삐 가던 해님도
기지개 한 번 쭉 켜더니

누워 있는 볏단 옆에
나란히 눕는다

외갓집 외양간

얼룩이
얌전이
호동이

정답게 불러주던
그 이름 어디 가고

1397
5452
4351
번호표만 소귀에 댕글

그래도
그대로다

동동
동그란 눈

오희원(서울 구일초 4학년)

할아버지의 둠벙

뒷골 다랑논에 가면
할아버지의 할아버지 때부터
물 받아 농사짓던
둠벙 하나 있지요

장구애비, 소금쟁이
물자라, 참개구리
대대손손 살아 온 둠벙

"이 둠벙 하나로 느이 아부지랑
 다섯 삼촌 다아 공부시킨 겨"
할아버지의 말씀입니다

못자리 다랑논 물을 댄 날이면
"고맙다, 참말로 고맙구먼" 하시며
둠벙 가 여기저기를 다독입니다

오늘도 할아버진
둠벙 가에 앉아
발을 닦고 삽을 씻습니다

동시 속 그림

홍수정(서울 미래초 2학년)

강예선(서울 미래초 2학년)

진유리(서울 신도림초 5학년)

방현서(서울 미래초 2학년)

임지민(서울사대부속초 3학년)

정수안(서울 공연초 3학년)

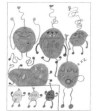

김동완(서울 성신초 3학년)

이시진(서울 우이초 5학년)

한여울(서울 길원초 3학년)

김도운(서울 창문여고 3학년)

차혜림(서울 선곡초 3학년)

권태균(서울 청량초 3학년)

한상인(서울 길음초 6학년)

한가람(서울 길원초 3학년)

이정우(서울 을지초 4학년)

임성채(서울 청량초 4학년)

이은지(서울 용두초 1학년)

한세령(서울 길음초 5학년)

전지연(남양주시 구룡초 2학년)

이나은(서울 늘푸른초 5학년)

이예나(남양주시 구룡초 1학년)

한용희(남양주시 구룡초 1학년)

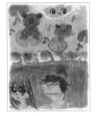
권아영(서울 개운초 6학년)

임지민(서울사대부속초 3학년)

정수안(서울 공연초 3학년)

김정현(서울 삼각산초 5학년)

김은채(남양주시 구룡초 1학년)

서연우(서울 잠원초 5학년)

김유은(서울 계남초 3학년)

여하진(서울 미래초 2학년)

이송인(서울 오정초 2학년)

오희원(서울 구일초 4학년)

김정현(서울 삼각초 5학년)